Die
Weihnachtsmarmelade

Lydia und ihre Mama kochen Weihnachts-marmelade. Gaaanz viele Äpfel müssen klein-geschnitten werden. Sie kommen alle in den großen Kochtopf. Dann darf Lydia noch Honig dazuschütten und Zitronensaft. Mama gibt Gewürze dazu und Rosinen.

Endlich ist die Marmelade fertig gekocht. Jetzt wird sie vorsichtig in Gläser gefüllt. Lydia hat aus dem Keller ein klitzekleines Glas, ein ganz hohes, ein achteckiges, eins mit kariertem Deckel und eins mit Blumendeckel geholt. Oh, die Marmelade ist ganz schön heiß – autsch, ein Spritzer hat Lydia am Finger getroffen. Schnell geht sie zum Wasserhahn und lässt lange kaltes Wasser darüber laufen. Auch die Gläser sind heiß geworden. Mit Topfhandschuhen an den Händen drehen sie die Gläser vorsichtig auf den Kopf.
Lydia zählt: „1, 2, 3, ... ganz schön viele!", staunt sie.

Am nächsten Tag machen sie die Gläser schön, so nennt Mama das. Sie nehmen eine schöne Serviette, legen sie auf den Deckel und binden sie mit glänzendem Geschenkband fest. Mit goldenem Draht machen sie Gewürze auf dem Deckel fest: Zimtstangen und Anissterne. Schön sieht das aus.

Am nächsten Sonntag nehmen sie alle Gläser mit zum Gottesdienst. Beim Kaffeetrinken nach dem Gottesdienst flitzt Lydia herum und verschenkt ihre Weihnachtsmarmelade.
Das hohe Glas bekommt Susanne, die immer so toll den Kindergottesdienst macht. Das achteckige Glas bekommt Hanna, ihre beste Freundin. Das mit dem Blumendeckel bringt sie zu Georg, ihrem Cousin. Das mit dem karierten Deckel ist für die beste Freundin von Mama. Das mit dem Blumendeckel für die Frau, die immer die Blumen so schön in den Gottesdienstraum stellt.

Am Ende ist nur noch das klitzekleine Gläschen übrig. „Das reicht bestimmt nur für ein Brot", überlegt Lydia. „Wem könnte ich das denn noch schenken?" Da fällt ihr Blick auf einen alten Mann. Er sitzt ganz allein am Tisch und trinkt eine Tasse Kaffee. Er hat fast keine Haare mehr, aber er sieht nett aus. Lydia weiß, dass Mama manchmal mit ihm redet. Er muss witzig sein, denn Mama lacht dann immer.

Lydia nimmt das kleine Glas und geht auf ihn zu. „Hier, für dich", sagt sie. „Oh – danke schön!", sagt der Mann und auf einmal sieht sein Gesicht ganz verändert aus. Er strahlt richtig, es ist viel heller geworden. „Ob das die Weihnachtsfreude ist?", fragt sich Lydia.

Da ruft Mama: „Lydia, wir fahren jetzt nach Hause." – „Tschüss, bis nächste Woche", sagt Lydia und springt zu Mama. „Tschüss, Kleines", ruft ihr der Mann fröhlich hinterher.
Am nächsten Sonntag hat er das Gläschen wieder dabei, es ist leer. „Das hat sehr lecker geschmeckt!", sagt er zu Lydia. „Vielleicht braucht ihr das Glas ja noch mal", sagt er und zwinkert ihr zu.

Das Rezept:
4 1/2 Pfund Äpfel, 1 Tasse Obstessig oder Zitronensaft, 1 1/2 Tassen Honig, 1 1/2 TL Salz, 2 TL Zimt, 1 TL Nelken, 1 Zitrone, Sesam, Rosinen, Rum, Sonnenblumenkerne

Äpfel waschen und klein schneiden, Zitrone klein schneiden, alles außer Sesam, Rosinen, Rum, Sonnenblumenkernen in einen Topf geben, zugedeckt ca. 15 Min. kochen lassen. Danach mit einem Kartoffelstampfer zerdrücken. Dann restliche Zutaten dazugeben und 50 Min. bei schwacher Hitze ohne Deckel einkochen. Öfter umrühren. Noch heiß in Gläser füllen.